KU-778-510

"Fe gawn ni'r briodas
hapusaf erioed
Yng nghwmni ein ffrindiau
wrth ymyl y coed!"

Newport Community Learning
and Libraries

Z797433

Priodas y Ddau Fwgan Brain

Julia Donaldson

Axel Scheffler

Addaswyd gan Gwynne Williams

Dau fwgan brain hapus ar gaeau Ty'n Lôn
oedd Bela o'r Felin a Bila ap Siôn.
Roedd Bila yn meddwl bod Bela yn ddel,
a Bela yn dwli ar Bila ers sbel!
"A wnei di 'mhriodi?" meddai Bila un pnawn.
"Bila!" meddai Bela. "Mae'n syniad da iawn!"

"Ond rhaid," meddai Bela, "gwneud rhestr yn awr

o'r pethau i'w casglu

i'n priodas fawr, fawr."

Ffrog o blu
gwyddau

cadwyn
a blodau
pert coch

dwy fodrwy
i'n bysedd

ac ambell i
gloch.

Ac ymaith â hi ar fraich Bila ap Siôn

i chwilio a chwalu

hyd gaeau Ty'n Lôn.

Toc, clywson nhw wyddau
yn clegar yn hy.
"O plis," meddai Bela,
"a wnewch chi roi plu
i wneud ffrog i'r briodas hapusaf erioed
yng nghwmni ein ffrindiau wrth ymyl y coed?"

"Plu? Wel, wrth gwrs!"
meddai'r gwyddau i gyd.

(Addawodd pry copyn
eu gwnïo ynghyd.)

"Fe fydd hi'n ffrog bert,"
meddai Bela, "a nawr,
beth oedd y peth nesa
i'n priodas fawr, fawr?"

Ac ymaith â hi ar fraich Bila ap Siôn
i chwilio o'r newydd
hyd gaeau Ty'n Lôn.

Cyn iddyn nhw gerdded yn bell nac yn hir,

fe glywson nhw glychau yn canu yn glir.

"Mae'ch clychau mor swynol, tybed ddewch chi

i'w canu ym mhriodas fawr Bila a fi?

Hon fydd y briodas hapusaf erioed

yng nghwmni ein ffrindiau wrth ymyl y coed!"

Pan frefodd y gwartheg, "Â chroeso!",

pwy ddaeth

ond cranc efo cadwyn o gregyn o'r traeth.

Gwichiodd llygoden,
"Edrychwch fan hyn!
Dyma ddwy fodrwy
o'r llen yn y bin."

"Wel, wir!" gwenodd Bela,

"mae'n ffrindiau mor hael.

Does dim byd ond blodau yn awr heb eu cael."

Meddai Bila wrth Bela, "Gorffwysa am sbel!

Mi af i i chwilio am flodau i'w hel."

Suodd gwenynen,

"Dwi'n gwybod am ddôl

sy'n garped o flodau!

Tyrd draw ar fy ôl."

Ymlaen aeth y ddau yn hir ac yn bell
at gae llawn o flodau na welwyd eu gwell.
"Bydd Bela yn dwli ar 'rhain, dwi yn siŵr,
ond i'w cadw nhw'n ffres, rhaid imi gael dŵr!"

"Tyrd di ar fy ôl!"
meddai broga bach llon.
"Dwi'n gwybod am lyn bach
tu arall i'r fron."

Fe ddringon nhw'n araf

nes aeth hi yn nos …

Ac aethon nhw i gysgu
wrth ochr y ffos.

Ar ôl i'r haul godi daeth y ddau cyn bo hir
at lyn bychan gloyw yn llawn o ddŵr clir.
"I'r dim!" meddai Bila. Yna gwaeddodd yn ffôl,
"Rhaid cael bwced neu stên i'w gario yn ôl!"

"Dwi'n gallu dy helpu," meddai malwen fach glên.
"Dwi'n gallu dy dywys di, Bila, at stên."

Ond O! roedd y falwen
yn ara deg iawn …

Cymerodd eu taith nhw
tan ddiwedd y pnawn.

Roedd Bela yn poeni
ar gaeau Ty'n Lôn.
"Be sydd wedi digwydd
I Bila ap Siôn?"

Ar hyn daeth y ffermwr – a wyddoch chi be?

Gwnaeth fwgan brain newydd i gymryd ei le!

"Dydd da!" meddai hwnnw. "Fi 'di Ffrederig Fflei."
Ysgydwodd ei llaw hi a wincio yn slei.

"Ti ydi'r ferch hardda' a'r lana'n y sir –
Ar wahân i dy wallt sydd braidd yn rhy hir."
Neidiodd i'r tractor a dweud, "Tyrd am dro.
Fi ydi gyrrwr cyflymaf y fro!"

"Dwi'n aros am Bila!" meddai Bela yn brudd.

"Rydyn ni am briodi cyn diwedd y dydd.

'Dyn ni'n cael y briodas hapusaf erioed

yng nghwmni ein ffrindiau wrth ymyl y coed."

Chwarddodd Ffredi yn uchel, "Rwyt ti yn un ffôl!

Anghofia am Bila. Ddaw o byth yn ôl!

Does yr un bwgan brain sy'n dawnsio mor chwim.

Dwi'n gryf, dwi'n olygus, dwi'n gwybod pob dim.

Dwi'n fentrus, dwi'n feiddgar a dwi ddim yn sgwâr –

Dwi'n gallu gwneud cylchoedd

â mwg fy sigâr!"

Cymerodd sigâr dew o'i boced a dweud,

"Fe gei di weld, del, be dw i'n gallu wneud!"

"Beth?" gwaeddodd hithau. "Gwneud cylchoedd o fwg?

Does neb call yn smygu!

Mae smygu'n beth drwg!"

Meddai Ffrederig, "Hei! Edrycha ar hwn!

Dwi'n gallu gwneud cylchoedd anhygoel o grwn."

Taniodd flaen ei sigâr a'i rhoi yn ei geg

ond llosgodd ei wefus … a rhoi clamp o reg!

Fe syrthiodd ei fatsien i'r sofl sych, mân

a thoc roedd y gwellt wrth ei draed o ar dân.

"Help!" sgrechiodd Bela, yn teimlo y gwres.

"Mae'r fflamau,

o diar, yn dŵad yn nes!"

Gwaeddodd Ffrederig Fflei, "Wps! Ie! O wel!

Rhaid i mi dy adael! Ta-ta i ti, del!"

A pwy ddaeth ar hynny yn llawen ei wên
ond Bila â'r blodau a'r dŵr yn ei stên.

"O Bela!" meddai o, "fy nghariad fach lân!"
Tywalltodd y dŵr – a diffodd y tân.

Fe godon nhw'r blodau'n ofalus o'r llawr

a dweud, "Dyna bopeth yn barod
i'r diwrnod mawr, mawr."

Ac roedd eu holl ffrindiau'n cytuno yn llwyr
(gan gynnwys y falwen gyrhaeddodd yn hwyr),
bod Bila'n briodfab golygus a swel
a Bela ei wraig o'n anhygoel o ddel.

Taflwyd conffetti pob lliw hyd y lle
a gwaeddodd eu ffrindiau, "Pob hwyl!" a "Hwrê!"
Wedyn ymaith â Mr a Mrs Bila ap Siôn
ar eu mis mêl ar hen dractor Ty'n Lôn.

Newport Library and
Information Service

Malpas Library & Information Centre
12/12/14

I Ally a Chris, ac I Jerry a Teresa – J.D.

Testun © Julia Donaldson 2014
Lluniau © Axel Scheffler 2014
Y cyhoeddiad Cymraeg © 2014 Gwasg y Dref Wen Cyf.

Mae Julia Donaldson ac Axel Scheffler wedi datgan eu hawl
i gael eu cydnabod fel awdur ac arlunydd y gwaith hwn
yn unol â deddf Hawlfraint, Dyluniadau a Phatentau 1988.

Cedwir pob hawlfraint.

Cyhoeddwyd gyntaf yn Saesneg yn 2014
gan Alison Green Books
argraffnod o Scholastic Children's Books
24 Eversholt Street, Llundain NW1 1DB
dan y teitl *The Scarecrows' Wedding*
Cyhoeddwyd yn Gymraeg 2014 gan Wasg y Dref Wen Cyf.
28 Ffordd yr Eglwys, Yr Eglwys Newydd,
Caerdydd CF14 2EA
Ffôn 029 20617860.
Cyhoeddwyd gyda chymorth ariannol
Cyngor Llyfrau Cymru.

Argraffwyd yn Malaysia.

Z797433